8. 12. 21

Susanne Laschütza

Klaus Fledermaus

als Vampir

DachsVerlag

Hoch oben im Gebälk des Dorfkirchturms erblickt Klaus Fledermaus das Licht der Welt. Oder besser das Dunkel, denn Fledermäuse sind Nachttiere. Den Tag verschlafen sie.
Mama Fledermaus nimmt Klaus stolz unter ihre Fittiche. Er soll einmal zu einer ordentlichen Fledermaus heranwachsen. Und Fledermäuse wachsen schnell.
Schon bald turnt Klaus mit den anderen Fledermauskindern zwischen den Dachsparren. Sie machen Dehnübungen und Klimmzüge, um ihre Arme mit den Flughäuten daran zu trainieren.

Nicht lange, und die jungen Fledermäuse flattern um den Kirchturm und unternehmen ihre ersten Ausflüge rund um das Dorf. Sie sind in der Obhut von Frau Myotis. Die Fledermausmütter sind auf Insektenjagd.
„Bleibt ordentlich hintereinander, und kein Gerangel beim Losfliegen, habt ihr gehört?", mahnt Frau Myotis. Dann geht es hinaus in die Dämmerung.
„Was ist denn das für ein winziges Haus?", will Klaus wissen. Zwischen den großen Gebäuden im Dorf hat er ein auffällig kleines entdeckt.
„Das ist Pauls Hundehütte.", sagt Frau Myotis.
„Und wo steckt Paul?", fragt Klaus.
Frau Myotis peilt suchend in alle Richtungen. „Keine Ahnung!", sagt sie. „Der streunt jede Nacht herum und macht die Gegend unsicher. Bei seiner Hütte trifft man den nie."

Am Waldrand gehen die jungen Fledermäuse erstmals auf Insektenjagd. Gar nicht so einfach, per Echo-Ortung im Flug Beute zu machen. Klaus verfolgt einen Nachtfalter. Schon hat er ihn geschnappt und kaut darauf herum. Er kaut noch immer, als Frau Myotis herbeigeflattert kommt.
„Na, Klaus, wie schmeckt es?", ruft sie schon von weitem.
Klaus schluckt und ringt nach Luft. „Buah! Das ist ja scheußlich!", keucht er. „Nie wieder werde ich so was Ekliges fressen!"
„Aber Klaus!" Frau Myotis schüttelt befremdet den Kopf.
„Alle ordentlichen Fledermäuse sind Insektenfresser!"

Zurück im Kirchturm tauschen die jungen Fledermäuse munter ihre Erlebnisse aus, nur Klaus ist schweigsam. „Kein Jagdglück gehabt, junger Mann?“, fragt ein altes Mausohr und blinzelt lustig.
„Doch, schon“, antwortet Klaus mürrisch, „aber Insekten, die schmecken mir nicht.“
„So?“ Das Mausohr schmunzelt. „Das gibt sich mit der Zeit. Oder magst du vielleicht lieber Blut, wie unsere Verwandten in Südamerika?“
Klaus rümpft die Nase. „Blut?“, fragt er.
„Ja, wie Vampirfledermäuse. Die mögen auch keine Insekten. Die trinken Blut.“

Als die Sonne hoch am Himmel steht, schlafen die Fledermäuse längst friedlich. Nur Klaus bekommt einfach kein Auge zu. Unruhig baumelt er hin und her. Hin und – rums! – ist er gegen Mama Fledermaus gestoßen und her und – rums! – hat er die schlafende Fledermaus auf der anderen Seite erwischt. „Tschuldigung“, murmelt Klaus. „Tut mir Leid!“
Aber Mama und die andere Fledermaus sind ebenfalls ins Schwingen geraten. Da Fledermäuse gerne eng beisammenhängen, ist – rums, rums, rums! – bald die ganze Schar geweckt. Die Flattertiere schimpfen und zetern. Manche reiben sich blaue Flecken.
„Klaus, was soll das?“, fragt Mama Fledermaus böse.
„Ich konnte nicht schlafen.“, jammert Klaus.
„Nicht schlafen?“ Mama Fledermaus erhebt zornig die Daumenkralle. „Alle ordentlichen Fledermäuse schlafen um diese Zeit!“

Den Nachmittag verbringen die Fledermäuse ungestört. Erst als die Sonne untergeht, werden sie wieder munter. Die Fledermausmütter begeben sich auf Insektenjagd. Frau Myotis und die Fledermauskinder machen sich für den nächsten Ausflug bereit. Nur Klaus hängt immer noch an seinem Schlafplatz und rührt sich nicht.
„Klaauus, aufwachen!", versuchen sie ihn zu wecken.
Aber Klaus hört nichts, er schläft fest wie ein Stein.
„Meine Güte", sagt Frau Myotis kopfschüttelnd. „Da hilft ja alles nichts! Wir müssen ihn hängen lassen, bis er ausgeschlafen hat."

Als Klaus erwacht, sind die anderen Fledermäuse längst ausgeflogen.
Oh Schreck! Verschlafen!
Klaus will sich gleich auf die Suche nach ihnen machen.
„Wahrscheinlich sind sie am Waldrand, Insekten jagen“, überlegt er.
„Insekten! Buah! Scheußlich!“ Klaus schüttelt sich und legt die Stirn in Falten.
„Wäre es nicht möglich“, überlegt er weiter, „dass ich mehr wie eine Vampirfledermaus geraten bin, so wie das alte Mausohr gemeint hat?“
Ein aufregender Gedanke!
Schon sind der Waldrand und die anderen Fledermäuse vergessen.
Beschwingt flattert Klaus zum Kirchturmfenster hinaus.

Er flattert über Felder und Wiesen und hält per Echo-Peilung nach einer zünftigen Vampirmahlzeit Ausschau. Unter ihm im hellen Mondlicht grasen friedlich einige Schafe. Klaus sucht sich eines von ihnen aus. Ein besonders dickes und saftiges. „Attackeee!“, brüllt er mit Ultraschall und stürzt sich vom Himmel auf sein Opfer herab, doch das macht plötzlich einen Schritt zur Seite. Damit hat Klaus nicht gerechnet! Knapp verfehlt er sein Ziel und klatscht zu Boden. Benommen bleibt er im Gras liegen.

Erst ein Hecheln an seinem Ohr bringt Klaus wieder zur Besinnung. Er rappelt sich auf. Ein großer Hund steht vor ihm, mit offenem Maul und hängender Zunge!

„Das muss Paul sein, der Streuner, der nachts nie in seiner Hundehütte ist! Er wird mich fressen!“, denkt Klaus und entblößt voll Entsetzen seine Zähne. Aus seinem Maul tropft Blut. Er muss sich bei dem Sturz auf die Zunge gebissen haben.

Der Hund knurrt, seine Nackenhaare sträuben sich. Klaus fällt vor Angst beinah noch einmal in Ohnmacht.

Da fängt der Hund an zu winseln. Ihm scheint etwas nicht geheuer zu sein. Er weicht zurück, macht kehrt und sucht mit großen Sätzen das Weite.
Klaus kann sein Glück kaum fassen. Er fühlt sich ganz schwach vor Erleichterung: Beinahe wären ihm seine Vampirflausen zum Verhängnis geworden!
Zittrig rappelt Klaus sich auf. Er will nur noch nach Hause, zurück in den Kirchturm. Mama Fledermaus wartet sicher schon.

Am nächsten Abend, bei Sonnenuntergang, schart Frau Myotis die jungen Fledermäuse um sich. „Bleibt ordentlich hintereinander, und kein Gerangel beim Losfliegen, habt ihr gehört?“, mahnt sie. Schon geht es hinaus in die Dämmerung.
Zwischen den großen Gebäuden im Dorf ortet Klaus ein ihm wohl bekanntes, auffällig kleines Haus. Aber irgendetwas ist anders als sonst …
„Da unten sitzt Paul!“, ruft Klaus aufgeregt. „Vor seiner Hundehütte! Und er bastelt etwas!“
Frau Myotis hält überrascht im Flug inne. „Nicht möglich!“, murmelt sie. „Der Hund streunt doch sonst immer herum. Seit wann bleibt der nachts bei seiner Hütte?“

PAUL

Alles über Vampire

Gesetzt nach den Regeln der neuen deutschen Rechtschreibung.

www.dachs.at

ISBN 3-85191-225-X

A-1220 Wien, Biberhaufenweg 100/38

Text und Illustrationen von Susanne Laschütza
Druck und Bindung: Druckerei Theiss GmbH, A-9400 Wolfsberg
01 05 11 / 30 / 1